Para minhas filhas Gabriela e Isadora. Que escrevam os capítulos dos livros de suas vidas com sonhos realizados, conquistas alcançadas e amores vivenciados. Que sejam simplesmente felizes!

Texto © **Guilherme Domenichelli**
Ilustrações © **Fábio Sgroi**

Direção editorial **Marcelo Duarte, Patth Pachas e Tatiana Fulas**
Gerente editorial **Vanessa Sayuri Sawada**
Assistentes editoriais **Henrique Torres e Laís Cerullo**
Assistente de arte **Samantha Culceag**
Capa e projeto gráfico **Raquel Matsushita**
Diagramação **Cecilia Cangello | Entrelinha Design**
Fotos **Ciro Albano, Folhapress, iStock Photo e Getty Images**
Preparação **Telma Baeza Gonçalves Dias**
Revisão **Carla Bitelli**

CIP-BRASIL. CATALOGAÇÃO NA PUBLICAÇÃO
Sindicato Nacional dos Editores de Livros, RJ

Domenichelli, Guilherme
Criaturas noturnas: os animais que vivem na escuridão dos
biomas brasileiros / Guilherme Domenichelli. – 1. ed. – São
Paulo: Panda Books, 2018. 72 pp.

 ISBN 978-85-7888-624-0

1. Animais noturnos – Literatura infantojuvenil. 2. Literatura
infantojuvenil brasileira. I. Título.

16-35490   CDD: 028.5
                                                           CDU: 087.5

2024
Todos os direitos reservados à Panda Books.
Um selo da Editora Original Ltda.
Rua Henrique Schaumann, 286, cj.41
05413-010 – São Paulo – SP
Tel./Fax: (11) 3088-8444
edoriginal@pandabooks.com.br
www.pandabooks.com.br
Visite nosso Facebook, Instagram e Twitter.

GUILHERME DOMENICHELLI

CRIATURAS NOTURNAS

OS ANIMAIS QUE VIVEM NA ESCURIDÃO DOS BIOMAS BRASILEIROS

APRESENTAÇÃO

"No meio da imensa floresta, durante a escuridão da noite, apenas os sons dos grilos e dos sapos podem ser ouvidos. Mas, num instante, uma rápida e silenciosa sombra paira no ar, com olhos grandes e impressionantes, garras poderosas e muito afiadas. A criatura está preparada para capturar qualquer presa distraída..."

Descrevendo dessa maneira, temos a impressão de se tratar de um monstro da noite ou até de um personagem de filme de terror. Calma, não é nenhum ser bizarro, mas um dos animais mais bem-equipados para atividades noturnas: as corujas.

Assim como essas fantásticas aves noturnas, muitos animais escolheram o período do crepúsculo e da noite para suas atividades. Essa preferência se dá não para divertimento, mas, sim, para garantir sua sobrevivência. Entre outras coisas, a escuridão os ajuda a se esconder de seus predadores, e certas espécies possuem olhos, ouvidos e outras adaptações que as tornam especialistas na vida noturna. Por outro lado, os animais predadores também aprimoraram suas capacidades para a caça, fazendo com que o período noturno seja muito agitado.

Alguns bichos noturnos até podem ser vistos durante o dia, como as capivaras, as onças e os porcos-do-mato. Outros, como os morcegos, são essencialmente da escuridão e permanecem escondidos e sonolentos durante o dia todo. Mas é à noite que todos eles estão mais ativos e alertas.

Este livro apresenta um pouco da vida noturna de muitos animais dos biomas brasileiros, alguns deles não tão conhecidos, como o jupará, o mão-pelada ou a jaritataca, e outros mais famosos, como o morcego, o lobo e a coruja.

Os biomas podem ser definidos como uma grande área onde o clima, as espécies vegetais, os animais e os demais seres vivos habitam e vivem em equilíbrio entre si, de acordo com o meio físico de determinada região.

Os biomas oficiais do Brasil são: Amazônia, Caatinga, Cerrado, Mata Atlântica, Pampas e Pantanal. Muitos não consideram a Zona Costeira como bioma oficial, mas diversas instituições e pesquisadores a consideram, já que é uma grande região com enorme diversidade de vida.

Além dos biomas, temos também os animais noturnos das cidades. Embora não sejam defini-das como bioma, as grandes cidades ocupam diversas áreas do Brasil, com muitos animais noturnos adaptados a elas.

Durante milhares de anos, as espécies noturnas desenvolveram táticas e formas especiais para sua sobrevivência. Várias delas estão ameaçadas de extinção devido a diversos fatores causados pelo homem, como a poluição do ambiente, as lendas e crendices ligadas a muitas espécies e a iluminação das grandes cidades.

Esses animais são essenciais para o meio ambiente e fazem parte de uma complexa rede natural de que todos, incluindo o homem, são dependentes. Aprender sobre eles é uma forma de compreender e divulgar a importância dessas espécies para a natureza. Eu o convido a conhecer a vida e as curiosidades que cercam os animais noturnos do Brasil.

Divirta-se!

GUILHERME DOMENICHELLI

AMAZÔNIA

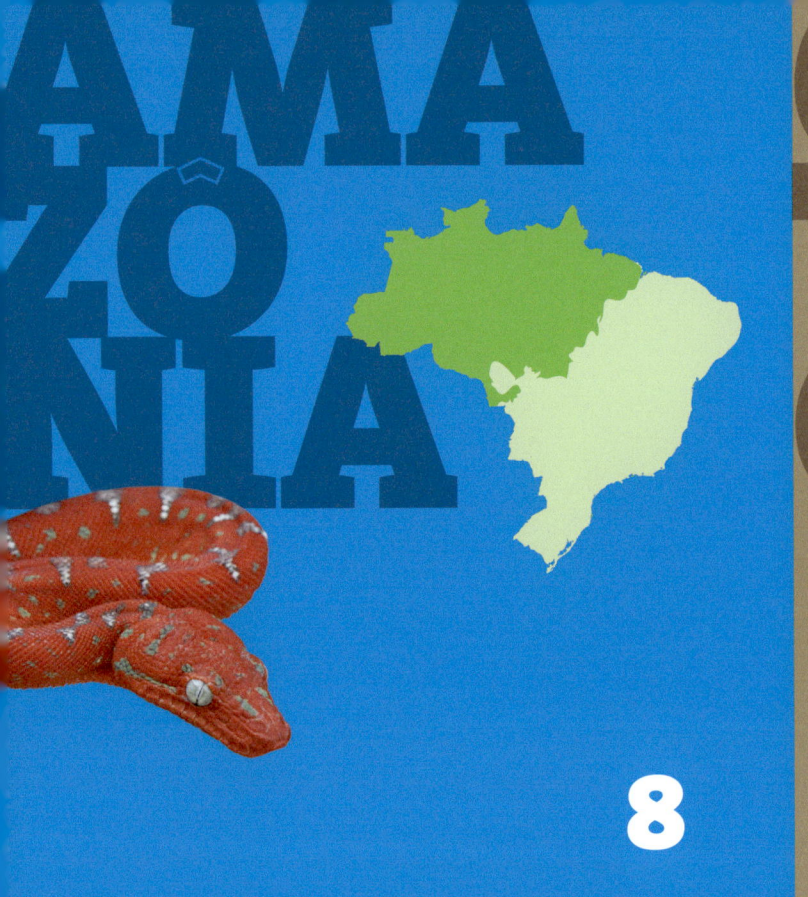

CAATINGA

PAMPAS

PANTANAL

A Amazônia é o maior bioma do Brasil: ocupa quase metade de seu território. Abrange os estados do Pará, Amazonas, Amapá, Acre, Rondônia, Roraima, partes do Maranhão, Tocantins e Mato Grosso.

A região amazônica, onde as chuvas são constantes, abriga a maior bacia hidrográfica do mundo. As regiões mais altas ficam constantemente com terra firme, mas as áreas mais baixas, como as matas de várzeas, ficam inundadas em algumas épocas do ano, e outras, chamadas de igapós, permanecem quase sempre embaixo da água. As plantas e os animais estão bem-adaptados a todas as características desse bioma.

A camada superficial do solo da Amazônia é rica em nutrientes, pois as folhas, os frutos e os animais mortos que se decompõem servem de alimento para as plantas. Já a camada mais profunda é extremamente pobre, não apresentando condições ideais para plantio ou pastagens.

Incêndios e grandes derrubadas de florestas ameaçam a riqueza e a diversidade da Amazônia, fazendo com que muitos seres vivos desapareçam, entre eles os misteriosos animais noturnos da floresta.

MACACO-DA-NOITE

É também conhecido pelo nome de maca-co-coruja. Mede 45 centímetros de altura e tem uma cauda de quarenta centímetros.

Os macacos-da-noite vivem em grupos de aproximadamente cinco animais. Passam o dia dormindo escondidos em tocas e nos troncos das árvores e acordam quando começa a escurecer.

Eles têm olhos enormes, típicos dos animais noturnos. Adoram comer insetos, frutas, sementes e ovos de pássaros.

Durante a noite, os macacos-da-noite emitem muitos sons para se comunicar, como assovios e gritos variados. Esses avisos servem para alertar os companheiros sobre algum perigo, para expressar alegria e também para avisar a todos que encontraram uma árvore cheia de frutos.

PAPAI SEMPRE PRESENTE

A fêmea tem apenas um filhote, gêmeos são raros. Depois que nasce, o filhote é cuidado principalmente pelo pai, que o carrega nas costas por todos os lugares. O bebê fica com a mãe somente para mamar.

AMOR A TODA PROVA

São animais monogâmicos, ou seja, têm apenas um companheiro, o que é muito raro entre os mamíferos. Os macacos-da-noite formam um casal que permanece junto por toda a vida, nunca traem e nunca se divorciam. Quando um macaquinho fica viúvo, o parceiro sobrevivente pode encontrar um novo companheiro. No entanto, eles demoram cerca de um ano até terem seu primeiro filho – funciona como um namoro para o casal se conhecer melhor.

JUPARÁ

O jupará é um mamífero, parente dos quatis. Chega a atingir sessenta centímetros de comprimento e a pesar três quilos. Prefere viver no alto das árvores. Para não cair, usa suas longas e fortes unhas e também sua cauda preênsil. A ponta da cauda se enrosca nos galhos e ele consegue se locomover com muita habilidade.

Durante o dia ele dorme escondido em ocos de árvores e à noite sai para comer. O jupará adora mel, néctar e pólen das flores, insetos, ovos e sementes.

AMIGO DAS PLANTAS

O jupará gosta de lamber o pólen e o néctar das flores. Muitos dos minúsculos pólens ficam grudados nos seus bigodes e nos pelos do focinho. Quando ele vai cheirar e lamber outras flores, acaba trocando os pólens entre plantas e árvores da mesma espécie espalhadas pela floresta, ajudando na fertilização. Por isso, o jupará é considerado um excelente polinizador. Sem a polinização, as plantas não conseguem produzir seus frutos e, por consequência, suas sementes.

PERFUME DIFERENTE

O jupará tem algumas glândulas no peito e na barriga que exalam um odor bem diferente. Com isso, ele demarca seu território esfregando seu corpo nos troncos e galhos de árvores. Quando outro jupará passa pelo local, ele sabe que ali mora um animal da mesma espécie.

ONÇA-PINTADA

A onça-pintada está entre os maiores felinos do mundo, junto com os tigres, leões, leopardos e leopardos-das-neves.

Dependendo da região, é conhecida por outros nomes, tais como: onça-verdadeira, jaguar, jaguaretê e canguçu.

No Brasil, a onça-pintada pode ser encontrada na Amazônia, no Pantanal e mais raramente na Mata Atlântica, no Cerrado e na Caatinga. Seu tamanho e peso variam consideravelmente, podendo ir de 56 a 96 quilos. Mas os maiores machos já registrados chegavam a pesar até 160 quilos – peso aproximado ao de uma leoa ou tigresa – e as menores fêmeas tinham cerca de 36 quilos. As fêmeas são de 10% a 20% menores que os machos.

GRANDE NADADORA

A maioria dos felinos não gosta muito de água, mas a onça-pintada adora. Uma onça já foi vista atravessando um rio com quase um quilômetro de largura. Esse animal pode ser visto no começo da manhã ou no final da tarde, quando a temperatura é mais amena. Mas a maioria dos felinos prefere a noite, pois a escuridão possibilita surpreender suas presas no momento da caçada.

CASA AO AR LIVRE

As onças que moram em florestas, como as da Amazônia, geralmente têm a coloração da pele mais escura, o corpo menor e mais leve. As de áreas abertas, como as do Pantanal, são as maiores do mundo. Isso é uma adaptação natural para caçar pequenas e grandes presas.

A ONÇA-PRETA E A ONÇA-PINTADA SÃO ANIMAIS DIFERENTES?

Não. São animais da mesma espécie. Muitas vezes, pais de cor pintada geram filhotes pretos. Isso se dá pelo excesso de melanina, que é um pigmento natural que protege a pele contra os raios solares. Onças-pretas, também chamadas de melânicas, são mais raras. Ocorrem com uma frequência de 6% nas populações selvagens. Na luz do sol é possível ver as pintas das onças-pretas. Os desenhos das onças-pintadas são chamados de rosetas porque lembram uma flor.

A onça-pintada tem uma mordida fortíssima e pode caçar grandes animais como antas, veados, capivaras e até quebrar o casco de uma tartaruga. É a mordida mais forte de todos os felinos, capaz de alcançar até 910 quilos.

No interior do Brasil, comenta-se que uma onça consegue arrastar um boi de até 350 quilos. Na natureza ela pode ingerir até 25 quilos de carne em um dia, ficando diversos dias sem comer. Dessa maneira, ela garante várias refeições, já que não é nada fácil caçar.

MAMÃE PROFESSORA

As onças são solitárias e só buscam a companhia de um par na época de acasalamento. A gestação da mamãe onça dura em média três meses e meio, e podem nascer até quatro filhotes. Eles param de mamar após três meses, mas podem ficar próximos de sua toca até os seis meses, quando passam a acompanhar a mãe nas caçadas. Os filhotes ficam com a mamãe até os dois anos de idade.

COBRA-PAPAGAIO

A cobra-papagaio vive nos galhos altos das árvores, principalmente perto dos rios e igarapés. Raramente desce ao chão e durante o dia fica parada descansando em um galho. À noite, ela desliza pelos galhos das árvores à procura do seu prato predileto, as aves.

É também conhecida pelos nomes de origem indígena periquitamboia e araramboia. "Boia" significa "cobra", e "periquita" ou "arara" referem-se a sua semelhança com as araras e os papagaios, que vivem no alto das árvores.

A cobra-papagaio pode chegar a dois metros de comprimento e, apesar de não ser venenosa, tem dentes grandes, finos e pontudos. Durante a noite caça roedores, aves e morcegos.

Ela está ameaçada de extinção por causa da derrubada de florestas e do tráfico de animais.

SUPERPODERES

Os lábios da cobra-papagaio são cheios de buraquinhos. Esses orifícios são termorreceptores, ou seja, capturam o calor de qualquer animal que esteja por perto. Assim, ela consegue dar o bote em suas presas mesmo em noites muito escuras.

FILHOTES DIFERENTES DOS PAIS

A cobra-papagaio tem cor verde-esmeralda no dorso, com manchas transversais branco-amareladas. Já seus filhotes, ao nascer, têm um tom vermelho-alaranjado, com manchas brancas no dorso, e sua cor muda conforme vão se tornando adultos.

As cobras-papagaio não botam ovos, pois os filhotes já nascem formados e, geralmente, vivem entre 15 e vinte anos.

SAPO-PIPA

ESQUISITINHO

O sapo-pipa é bem primitivo. Seus olhos são pequenos, as patas traseiras têm cinco dedos com membranas para ajudar na natação, e as mãos têm quatro dedos finos com pontinhas de pele bem pequenas nas extremidades. Essas pontinhas são bem sensíveis e servem para o sapo-pipa encontrar seu alimento na lama.

O sapo-pipa vive em canais e brejos, chegando a medir vinte centímetros de comprimento. Ele não tem língua, por isso para capturar sua comida favorita – larvas e insetos – usa as patinhas dianteiras, levando-a até a boca.

Assim como a maioria dos anfíbios, o sapo-pipa é um animal noturno, já que os fortes raios de sol podem machucar sua pele. Também é durante a noite que suas principais presas estão acordadas.

Todas as espécies de anfíbios são bem sensíveis à poluição das águas, por esse motivo muitas estão ameaçadas de extinção.

FILHOTES NAS COSTAS

A fêmea bota os ovos e o macho os fecunda. Depois, ele pega cada ovinho fecundado e os aloja nos buraquinhos que a fêmea possui nas costas. São cerca de trinta a quarenta ovinhos que ficam protegidos pela mãe até eclodir. Após o nascimento, os girinos saem das costas da mãe e seguem sua vida até o crescimento.

TOCANDIRA

A tocandira é uma das maiores espécies de formigas do mundo, podendo chegar a 2,5 centímetros. É conhecida também como tucandeira, tucanaíra, formiga-agulhada, formiga-cabo-verde, formiga-de--febre e formigão. O nome tocandira é indígena e significa "o que fere muito" ou "picada latejante".

Ela constrói o formigueiro na floresta, geralmente na base de uma grande árvore. O ninho é subterrâneo e grande, com milhares de formigas.

UMA NOVA FAMÍLIA

Se no meio de centenas de ovos nascer uma nova rainha, ela não permanecerá no formigueiro. Ela sairá à procura de um local para começar uma nova colônia, mas nunca sozinha: a nova rainha leva consigo algumas dezenas de operárias de diversos escalões para construir seu reino.

No homem, as picadas da tocandira podem causar manchas e calombos na pele, mal-estar e vômito. A dor é aguda e sentida por períodos de 12, 24 ou até 48 horas.

Em algumas aldeias indígenas da Amazônia, os jovens passam por rituais para se tornarem adultos. Os meninos vestem luvas feitas de fibras vegetais nas quais internamente dezenas de tocandiras estão delicadamente presas com fios. Eles têm de aguentar as picadas por dez minutos, até as luvas serem retiradas. A toxina das picadas ataca o sistema nervoso, gerando dores muito fortes e alucinações. Segundo os jovens índios, quando as luvas são retiradas fica a sensação de que o corpo todo está queimando. O ritual prossegue com danças por 11 horas seguidas. É uma cerimônia de passagem que marca a transição dos meninos para a fase de guerreiros.

VIDA DE RAINHA

Em todo formigueiro existe apenas uma rainha, que é um pouco maior que as demais. Ela bota todos os ovinhos que gerarão novas formigas. É difícil de ser observada, já que passa a maior parte do tempo no centro do formigueiro, sempre muito protegida pelas formigas soldados. A rainha vive muitos anos, mas se ela morrer todo o formigueiro morrerá, já que não haverá mais ovos nem novas formigas. Em geral, as formigas comuns vivem apenas alguns meses.

MUITA DISCIPLINA

As formigas operárias são bastante organizadas: elas se separam por escalas e realizam as tarefas de acordo com seu tamanho e força. As menores têm a responsabilidade de cuidar dos ovos e das larvas, papel muito importante para o crescimento do formigueiro com novas formigas. As operárias maiores são escaladas como soldados do formigueiro para defender a colônia.

A Caatinga é um bioma único no mundo, somente encontrado no Brasil. Ele abrange os estados de Alagoas, Bahia, Ceará, Maranhão, Pernambuco, Paraíba, Rio Grande do Norte, Piauí, Sergipe e o norte de Minas Gerais.

Na estação seca, a maioria das plantas desse bioma perde suas folhas e fica com o tronco seco e esbranquiçado. Por isso, a região recebeu o nome indígena de Caatinga, que significa "mata branca".

As plantas foram se adaptando às condições do bioma e muitas delas apresentam espinhos e reservas de água em seus caules.

Há quem diga que esse bioma é pobre e feio, mas, ao contrário, tem plantas e animais que são verdadeiras joias da natureza. Quando começam as primeiras chuvas, a Caatinga desperta e apresenta uma paisagem verde, com muitas flores e diversos animais, desde insetos até os curiosos bichos noturnos.

BACURAUZINHO-DA-CAATINGA

Os bacuraus são aves noturnas, bem-adaptadas para caçar insetos. Têm olhos grandes para enxergar suas presas e bico largo para capturá-las. O bacurauzinho-da-caatinga mede 16 centímetros de comprimento e só é encontrado nesse bioma.

Ao pôr do sol, o bacurauzinho-da-caatinga começa a voar, subindo e descendo, muitas vezes em círculos. Logo vários bacurauzinhos formam um pequeno grupo para iniciar a busca por insetos. Eles são voadores excelentes, fazem voos rasantes e lentos, e conseguem parar no ar semelhantes aos beija-flores.

UM NINHO DIFERENTE

O bacurauzinho não constrói ninho, pois bota os ovos na terra ou na areia. A fêmea fica chocando os ovinhos diretamente no chão, utilizando sua ótima camuflagem.

DISFARCE SECRETO

O bacurauzinho-da-caatinga tem as penas do corpo pintadinhas em tons de marrom-claro, marrom-escuro e cinza. Durante o dia são excelentes para se camuflar nas rochas, nos troncos podres das árvores e no chão seco da Caatinga.

TATU-BOLA

Essa é uma das menores espécies de tatu do mundo. Atinge quarenta centímetros de comprimento e, no máximo, 1,5 quilo. Conhecido também pelo nome de tatu-bola-da-caatinga ou tatu-bola-do-nordeste, é encontrado somente no Brasil, nos estados do Ceará, Piauí, Rio Grande do Norte, Paraíba, Bahia, Goiás, Tocantins e Pernambuco.

Está ameaçado de extinção por causa da caça e da destruição da Caatinga.

Diferentemente das outras espécies de tatus, ele não se esconde em tocas ou buracos. Quando se sente ameaçado, enrola-se completamente, parecendo uma bola, e fica bem protegido pela sua forte carapaça, que lembra uma armadura com placas articuladas.

O tatu-bola é um ótimo caçador. Ele adora comer formigas, cupins, minhocas e outros bichinhos. Ao longo de sua vida, que dura em torno de dez anos, pode capturar milhares de insetos e outros animais, ajudando muito no equilíbrio do ambiente da Caatinga.

MUITOS PRETENDENTES

Na época de reprodução, vários tatus machos acompanham a fêmea, tentando conquistá-la. Ela, então, escolhe um macho entre todos os pretendentes para ser o pai de seus filhotes. Após a gestação, ela dá à luz um ou dois tatuzinhos.

NÃO CONFUNDA

Os tatuzinhos-de-jardim, também conhecidos como tatus-bolas, são animais bem diferentes do tatu-bola mamífero. São bichinhos invertebrados, ou seja, que não possuem ossos, e vivem na terra, embaixo de troncos caídos e pedras. Alimentam-se principalmente de folhas e madeiras mortas, ajudando muito o ambiente, já que decompõem esse material que serve de alimento para as plantas.

SEM CASA PARA MORAR

O tatu-bola não dorme em tocas. Ele procura se esconder no meio da vegetação, principalmente em troncos caídos e touceiras de capim.

CARANGUEJEIRA-ROSA-SALMÃO-BRASILEIRA

A caranguejeira-rosa-salmão-brasileira recebe esse nome por causa de sua cor bem diferente: são longos pelos de cor salmão. Essa espécie de aranha é encontrada somente na região Nordeste do Brasil. Foi descoberta e descrita em 1917, em Campina Grande, na Paraíba.

Sua picada é dolorida, mas não é capaz de matar uma pessoa, e sua maior defesa são os pelos urticantes que ela lança com as patinhas quando se sente ameaçada. Esses pelos minúsculos provocam coceira na pele do predador e podem causar dificuldade respiratória.

Durante o dia vive escondida entre pedras, troncos caídos e folhas. E à noite sai para caçar besouros, baratas, pequenos lagartos, ratos e grilos.

A caranguejeira-rosa-salmão-brasileira é canibal e pode caçar aranhas da mesma espécie. Ela vive, em média, de dois a cinco anos, e em geral as fêmeas vivem mais tempo que os machos.

MUUUUITOS FILHOS

A fêmea constrói um casulo para abrigar seus filhotes, que podem chegar a 2 mil em uma única ninhada.

LENDA

Em várias regiões do mundo, a aranha–caranguejeira é conhecida como tarântula. Havia uma lenda, surgida na Europa, que dizia que a pessoa picada pela aranha poderia morrer se não dançasse a tarantela. A ideia era de que, dançando, o veneno seria eliminado pelo suor da pessoa.

ARANHAS GIGANTES

É a segunda maior aranha do mundo, chegando a 25 centímetros de comprimento. Fica atrás apenas da aranha-golias, encontrada na Amazônia, que atinge até trinta centímetros (do tamanho de um prato!). Ela é tão grande que consegue capturar até pequenos pássaros.

JARITATACA

VIDA SOLITÁRIA

A jaritataca gosta de viver sozinha. Machos e fêmeas se encontram somente para namorar. Depois de sessenta dias de gestação, nascem geralmente quatro bebês, que são cuidados e amamentados pela atenciosa mãe até aprenderem a se virar sozinhos. Ela constrói sua toca cavando um buraco na terra com suas fortes unhas. Também aproveita tocas abandonadas por tatus e outros bichos, além de às vezes usar como casa pequenas tocas nas rochas.

Esse animal noturno é muito confundido com o gambá, já que, além de receber o nome de jaritataca, também é conhecido por cangambá.

Ele é um pouco menor que um gato doméstico: mede quarenta centímetros de comprimento e tem uma cauda de vinte centímetros. Pesa aproximadamente 1,5 quilo. Tem cor preta ou marrom-escuro e duas listras brancas que vão da cabeça até a cauda.

A jaritataca é um bicho onívoro, ou seja, come vegetais e outros animais. Gosta muito de frutas, sementes, insetos, minhocas, lagartos, sapos e ovos. Ela prefere ficar acordada durante a noite, pois na escuridão é mais fácil se esconder de seus predadores.

UMA ARMA MUITO NOJENTA

Para espantar seus predadores, a jaritataca tem uma tática muito especial. Assim como o gambá, ela possui uma glândula que parece uma pequena bolsa localizada perto do ânus. Quando se sente ameaçada, a jaritataca levanta sua cauda e lança um jato com um líquido de odor insuportável, considerado por muitos como o pior da natureza.

ESCORPIÃO

Os escorpiões surgiram há 400 milhões de anos e podem ser encontrados em diversas regiões do mundo, com exceção da Antártida, pois não suportam temperaturas muito frias.

Já existiram escorpiões de setenta a noventa centímetros de comprimento. Hoje, a maior espécie existente atinge 21 centímetros, e a menor, 1,2 centímetro. Os escorpiões podem viver de dois a oito anos.

Existem aproximadamente 1.700 espécies diferentes de escorpiões no mundo, mas apenas 25 delas têm veneno capaz de matar uma pessoa.

Na região da Caatinga, o mais comum é o escorpião-amarelo-do-nordeste. Durante o dia, ele se esconde nas fendas das rochas, das árvores e em vegetação rasteira. Caçam aranhas, baratas, grilos e outros insetos. Como são noturnos, os escorpiões desenvolveram habilidades para viver e caçar durante a noite.

As fêmeas podem ter entre seis e noventa filhotes, que nascem completamente brancos. Eles ficam no dorso da mãe durante alguns dias até conseguirem se defender sozinhos.

ESCORPIÕES NA GUERRA

No ano de 198 a.C., as pessoas que defendiam uma fortaleza na cidade de Hatra, perto da atual cidade de Mosul, no Iraque, usaram vasos de barro cheios de escorpiões como bombas que eram lançadas sobre os soldados romanos invasores. A tática deu certo e os romanos foram expulsos.

COR MISTERIOSA

Não se sabe ao certo por que isso acontece, mas, quando iluminados com luz ultravioleta, os escorpiões brilham com um tom azulado.

LENDA

Existe uma lenda que diz que quando um escorpião é cercado pelo fogo ele se suicida. Mas isso não é verdade. Quando o animal fica muito próximo ao fogo, a desidratação causada pelo calor aproxima sua cauda do corpo, dando a impressão de que se matou com seu ferrão venenoso.

JIBOIA

A jiboia é a segunda maior serpente do Brasil, chegando a quatro metros de comprimento. Fica atrás apenas da sucuri, que pode atingir nove metros de comprimento.

Não é uma serpente venenosa, mas tem muitos dentes bem afiados. A jiboia caça ratos, aves, morcegos e lagartos, por isso se adaptou muito bem à vida noturna. Para abater sua presa ela se enrola no animal, apertando-o com seus fortes músculos. Costumam dizer que a jiboia esmaga sua presa para quebrar todos os seus ossos, mas isso não é verdade. Se os ossos do animal abatido se quebrassem, ficariam muitas pontas que poderiam machucá-la ao engolir sua refeição.

Depois de comer, a jiboia pode ficar vários dias fazendo sua digestão. Dependendo da temperatura do ambiente, ela permanece até dois meses sem comer nada. Nos meses frios, pode ficar até seis meses sem comer!

A ponta da língua das serpentes é dividida em duas partes porque é mais eficaz para captar todo o odor do ambiente.

VISÃO E AUDIÇÃO

A pupila da jiboia tem a forma de fenda, assim como a dos gatos. Durante o dia, ela fica bem fechada, parecida com um pequeno risco. À noite a pupila se expande e consegue captar qualquer luz do ambiente. A pupila em forma de fenda, também chamada de pupila vertical, é típica dos animais noturnos. Ela é muito mais eficaz que a pupila igual a nossa, com formato de esfera. As serpentes são totalmente surdas. Elas localizam as presas pela visão e, principalmente, pelo cheiro.

BAFO DE JIBOIA

Para espantar seus possíveis predadores, a jiboia usa uma tática bem diferente. Ela enche os pulmões de ar e assopra com força, fazendo um barulho forte. Segundo algumas pessoas, esse "bafo" pode causar feridas e ressecamento na pele. Mas essa é apenas uma lenda. O "bafo" da jiboia é somente o ar de seus pulmões, que não tem poder de ferir ou ressecar a pele das pessoas.

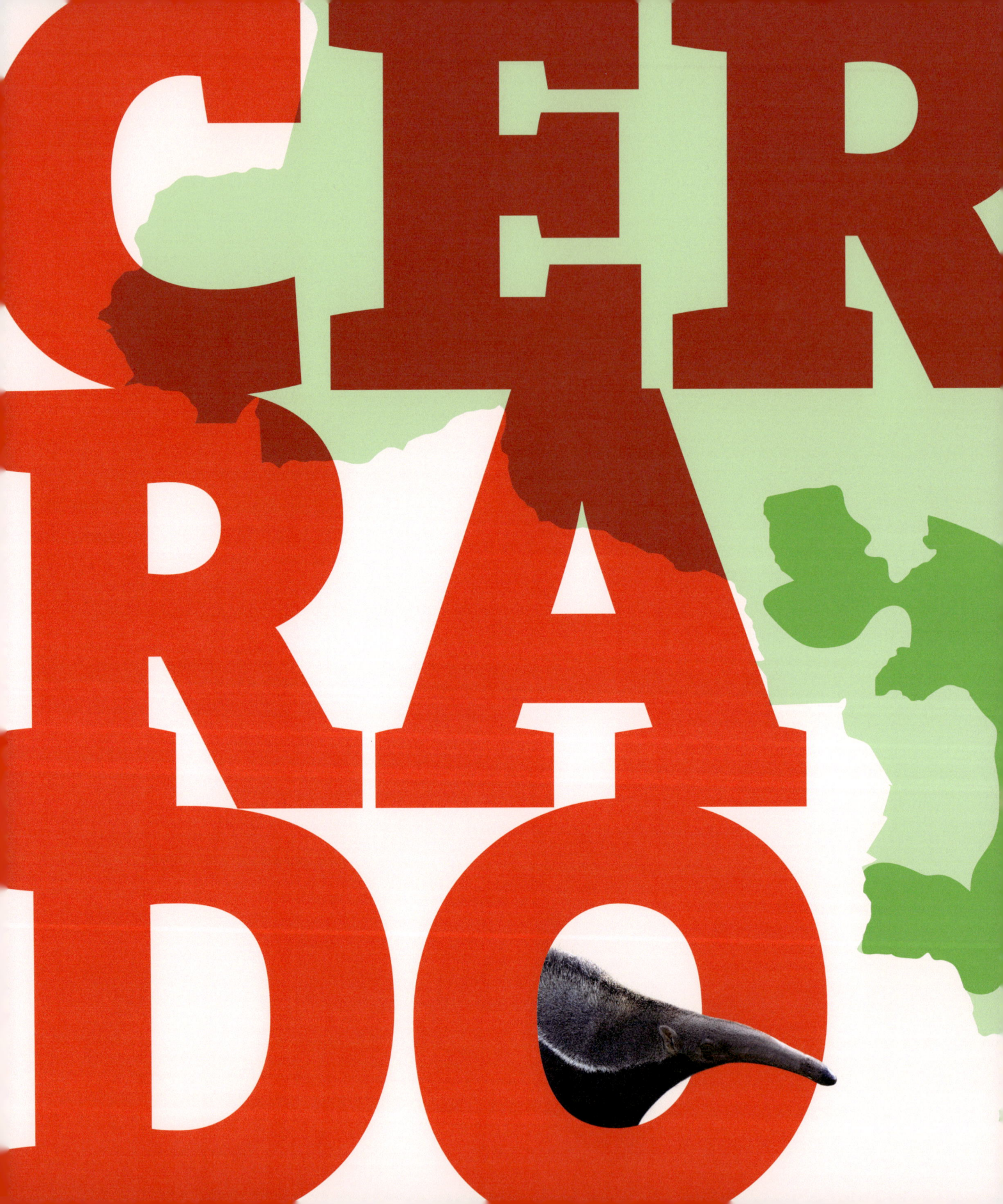

O DIA NACIONAL DO CERRADO É 11 DE SETEMBRO

O Cerrado é o segundo maior bioma do país e está localizado na área central do Brasil, nos estados de Goiás, Tocantins, Mato Grosso, Mato Grosso do Sul, Minas Gerais, Bahia, Maranhão, Piauí, Rondônia, Paraná, São Paulo e Distrito Federal, além de pequenas áreas no Amapá, em Roraima e no Amazonas.

As características do Cerrado são bastante variadas: há florestas com árvores não muito altas, brejos com palmeiras-buritis, lagoas e rios com águas cristalinas, e principalmente áreas abertas com gramíneas e pequenas árvores retorcidas.

O Cerrado tem espécies de animais e de plantas que são típicos desse bioma, mas, por fazer limite com outros biomas brasileiros, muitos animais do Cerrado também são encontrados em outras regiões.

A agricultura, as pastagens, os incêndios e a caça de animais ameaçam esse importante bioma. Muitos bichos desapareceram ou correm perigo, e alguns são pouco conhecidos, como os que preferem viver na escuridão. São os animais de hábitos noturnos do Cerrado brasileiro.

CUPIM

No Cerrado, é comum observarmos altos e arredondados cupinzeiros no meio do capinzal. É a casa das espécies dos chamados cupins-de-montículos. Além de servir de moradia para os cupins, muitos outros inquilinos aproveitam essas construções para se abrigar, tais como aranhas, caracóis, formigas, serpentes, lagartos, sapos, corujas, pica-paus e papagaios.

Já foram descobertas cerca de 2 mil espécies diferentes de cupins no mundo e duzentas espécies no Brasil.

Os cupins se alimentam principalmente de madeira, pois seu organismo digere muito bem a celulose. Os cupins-de-montículos atacam especialmente o capim, podendo ser pragas para pastagens e plantações de cana-de-açúcar. As espécies noturnas preferem esse período para fugir de seus predadores. Claro que à noite existem sapos, tamanduás e outros animais que os caçam, mas é durante o dia que seus principais predadores estão em alerta: as aves diurnas como pica-paus, sabiás, bem-te-vis, sanhaços, entre outros pássaros.

OS CUPINS BOTAM OVOS?

Sim. É sempre a rainha do cupinzeiro quem põe os ovos. Ela pode depositar até 80 mil ovinhos por dia!

VIZINHOS LUMINOSOS

Nas noites escuras do Cerrado, um dos fenômenos mais bonitos da natureza são os milhares de minúsculos pontos de luz que brilham na superfície dos cupinzeiros. Esse espetáculo acontece porque as fêmeas de vaga-lumes depositam ovinhos na superfície dos cupinzeiros, e as larvas que nascem dos ovinhos emitem luz fosforescente de tom azul-esverdeado. As larvas dos vaga-lumes emitem essa luz para atrair algumas presas que são o seu alimento, como as mariposas e os besouros. Esse fenômeno é chamado de bioluminescência. Os cupinzeiros iluminados lembram dezenas de árvores de Natal espalhadas pelos campos noturnos do Cerrado brasileiro.

TRANCANDO A PORTA

Muitas vezes, quando os cupins operários saem à noite para procurar comida, os cupins que ficam em casa fecham a entrada do cupinzeiro com terra e saliva até os operários voltarem.

O interior do cupinzeiro tem temperatura fresca e agradável. Mesmo quando o ar quente do dia entra pelos buraquinhos do cupinzeiro, ele logo se resfria graças ao vapor de água dentro da estrutura que resulta da respiração de milhares de cupins. Assim como a sociedade das formigas e das abelhas, os cupins estabelecem uma rígida hierarquia. Alguns deles são soldados, com função de defender o cupinzeiro do ataque de predadores, outros cuidam dos ovos e dos filhotes, e alguns têm a função de procurar alimento. Internamente, os cupinzeiros são como uma cidade em miniatura. Possuem uma câmara central onde vive a rainha, locais que são depósito de alimento, espaço para os ovos e para as larvas. Tudo isso ligado por galerias e corredores.

OS SIRIRIS DA CIDADE SÃO CUPINS?

Os siriris, também conhecidos como aleluias, não são cupins-de-montículos. Trata-se de outra espécie. São facilmente vistos nas tardes quentes de verão, até mesmo nas grandes cidades, e são cupins jovens, com asas, que saíram dos cupinzeiros à procura de um novo lar. Após encontrar sua nova casa, eles perdem as asas e começam uma nova colônia de cupins. As pessoas devem ficar atentas, pois esses cupins podem definir como lar os móveis da casa ou outras madeiras.

HERÓIS OU VILÕES?

Os cupins ajudam a decompor madeira podre, formando matéria orgânica que serve de alimento para muitas plantas. Eles também ajudam na aeração do solo, pois seus túneis permitem a entrada de ar. O desmatamento provoca a morte de muitos animais predadores dos cupins, como sapos, aves, lagartos, tatus e tamanduás, fazendo com que os cupins se reproduzam e aumentem sua população.

TAMANDUÁ-BANDEIRA

Existem três espécies diferentes de tamanduás, sendo que a maior delas é a do tamanduá-bandeira. Seu nome se dá por sua longa cauda, com muitos pelos, lembrando uma bandeira. Para dormir nos dias frios, ele deita no capim e se cobre com a cauda como se fosse um cobertor.

Em Portugal e também nos países de língua espanhola, os tamanduás são chamados de urso-formigueiro. Mas eles não têm nenhum parentesco com os ursos. Eles são parentes próximos dos tatus e dos bichos-preguiça.

O TAMANDUÁ–BANDEIRA MORDE?

Não, eles são os únicos mamíferos que não possuem dentes. Para se defender usam suas poderosas garras. Sua visão é muito ruim, pois os tamanduás têm os olhos bem pequenos, mas seu olfato é ótimo, conseguem farejar um predador a distância. Eles preferem ficar descansando durante o dia. À noite saem para procurar comida e parceiros na época de reprodução. Os tamanduás até podem ser vistos durante o dia, mas eles preferem ficar acordados no período da noite, quando a temperatura do Cerrado é mais fresca.

AGARRADO À MÃE

A mamãe tamanduá tem apenas um filhote por gestação. Após o nascimento, o filhote fica agarrado nas costas da mãe e só desce para ser amamentado. A mãe lhe oferece carinho e proteção por até um ano.

TATU-CANASTRA

UMA CASA HABITADA POR MUITOS BICHOS

O tatu-canastra cava tocas de até cinco metros de profundidade. As tocas abandonadas são usadas como abrigo por outros animais, tais como: cutias, pacas, jaguatiricas, outras espécies de tatus, quatis, lagartos, porcos-do-mato, entre outros.

Existem aproximadamente vinte espécies de tatus. Eles são encontrados somente na América do Norte, Central e do Sul. No Brasil, há 11 espécies diferentes.

A maior delas é a do tatu-canastra, que atinge 1,5 metro de comprimento e pesa mais de cinquenta quilos.

Assim como outras espécies de tatus, o canastra tem carapaça dura, resistente, e garras poderosas. Suas maiores unhas ultrapassam os vinte centímetros.

Os tatus preferem dormir durante o dia. À noite eles saem de sua toca para procurar comida, namorar e andar por todo o seu território. Os tatus não enxergam muito bem, e durante o dia seriam facilmente caçados por gaviões, águias e outros bichos. No escuro eles conseguem fugir de seus predadores com mais eficiência, percebendo a chegada de algum animal com seu ótimo olfato.

A fêmea tem gestação de aproximadamente quatro meses e nasce geralmente apenas um filhote por vez.

Os tatus são onívoros e gostam de comer frutas, minhocas, sementes, raízes, carniças e insetos.

Outra espécie, o tatu-peba, é conhecido por muitas pessoas pelo nome de papa-defunto. Segundo a crença, ele cava fundo, inclusive em cemitérios, procurando pessoas mortas para se alimentar.

LOBO-GUARÁ

As pernas compridas do lobo-guará são ótimas para andar e correr pelo capinzal alto do Cerrado. Elas possibilitam um ótimo salto, principalmente no momento de caçar suas presas, que em geral são preás, ratos e lagartos.

Às vezes o lobo-guará pode ser observado durante o dia, mas isso é muito raro. Ele prefere ficar descansando em uma toca, embaixo de uma árvore ou escondido no meio do capim. É no entardecer e à noite, quando a escuridão o ajuda a se esconder, que o lobo-guará sai para caçar e vasculhar todo seu território.

Também é conhecido pelos nomes: lobo-de-crina, lobo-vermelho, aguará, aguaraçu e jaguaperi.

LENDA

Você já ouviu falar do Lobisomem? A lenda surgiu na Europa antiga e estava relacionada ao vírus da raiva que afetava alguns lobos. Às vezes eles atacavam as pessoas, infectando-as com a doença. As vítimas apresentavam os sintomas de agressividade, salivação, acessos de fúria, alucinações, delírio, fobia à luminosidade e, por fim, morriam. Não é difícil entender por que essa lenda foi criada, não é mesmo?

SOU TÍMIDO!

A fêmea do lobo-guará tem entre dois e quatro filhotes por cria, que nascem com pelos de cor preta. Os pelos ficam avermelhados somente nos adultos. Os lobos-guará não formam alcateias. Eles são animais tímidos, que preferem viver sozinhos, e se encontram apenas na época de reprodução.

O lobo-guará é um animal oní-voro. Diferentemente dos outros lo-bos, ele não come somente carne. Ele gosta muito de frutas, princi-palmente de uma típica do Cerrado que recebe o nome de fruta-de-lobo. Ela também é chamada de lobeira e é da mesma família do tomate e do jiló. Sua árvore chega até cinco metros de altura! Essa fruta é muito importante para o lobo-guará, pois funciona como um remédio no com-bate aos vermes de seu organismo.

EXISTE LOBO MAU?

As histórias infantis *Chapeuzinho Vermelho*, *Pedro e o Lobo* e *Os três porquinhos* existem há séculos. Como os fazendeiros tinham seus animais domésticos atacados pelos lobos, foi criado o mito de que os lobos eram malvados. Sendo assim, esses animais eram temidos, perseguidos e caçados. Infelizmente, em muitos países o objetivo deu certo e eles foram exterminados. Mas os lobos não invadiam as fazendas por maldade. Ao derrubar as florestas, o homem matou muitas das presas naturais deles. Para sobreviver, os lobos foram obrigados a caçar ovelhas, vacas e cavalos, ganhando a fama de grandes vilões.

POR QUE ESSAS ORELHAS TÃO GRANDES?

Não é a história da Chapeuzinho Vermelho. As orelhas do lobo-guará são mesmo grandes e servem para captar qualquer ruído no meio da vegetação rasteira. Eles adoram caçar pequenos animais.

Originalmente, a Mata Atlântica estendia-se do Rio Grande do Norte ao Rio Grande do Sul, cobrindo todo o litoral e partes do interior do Brasil. Após a chegada dos portugueses, em 1500, iniciou-se a exploração da floresta, com a retirada de madeira, principalmente do pau-brasil, e de minérios como o ouro. Posteriormente, a floresta foi devastada, dando espaço para a agricultura de café e cana-de-açúcar.

Atualmente, com a expansão das grandes cidades, resta cerca de 7% do bioma original, sendo que muitas plantas e animais estão ameaçados de extinção, entre eles bichos que só existem na Mata Atlântica e alguns que só podem ser vistos durante o crepúsculo e à noite.

35

JAGUATIRICA

A jaguatirica é um felino de tamanho médio e pode pesar até 15 quilos. Durante a noite caça roedores, pequenos macacos, aves, lagartos e até sapos.

Pode ser encontrada em várias regiões das Américas, desde o sul dos Estados Unidos até o Uruguai. No Brasil, ela vive em quase todos os biomas.

É o terceiro maior felino das Américas, ficando atrás da onça-pintada e da suçuarana.

A fêmea tem gestação de aproximadamente dois meses e meio. Geralmente nasce apenas um filhote, que pesa 250 gramas e mama até os nove meses de idade.

Assim como a maioria dos felinos, a jaguatirica tem as unhas retráteis. Elas ficam escondidas dentro dos dedos, e no momento de caçar ou escalar árvores a jaguatirica coloca as unhas à mostra.

PRESERVAÇÃO DA ESPÉCIE

A jaguatirica pode atacar galinhas e outros animais pequenos nas zonas rurais. Por isso, muitas pessoas a caçam e a capturam com armadilhas e chegam, inclusive, a usar veneno. Galinhas e patos devem ser criados em local adequado, de preferência em viveiros com telas, evitando o ataque dos animais selvagens. Dessa forma, não há necessidade de caçar os predadores, até porque isso é crime ambiental.

CHEIA DE HABILIDADES

Para caçar, a jaguatirica fica escondida entre as folhagens e o capim para atacar de surpresa e com muita velocidade. Também escala árvores e anda pelos galhos com grande equilíbrio. Sua pelagem é muito bonita, com pintas e listras horizontais nas laterais do corpo. Seus longos bigodes funcionam como tato, assim como nossas mãos. A jaguatirica anda no escuro usando todos os sentidos possíveis, principalmente o tato.

TAPITI

PEQUENO COELHO

Comparado com outras espécies, o tapiti é pequeno, chegando ao máximo de quarenta centímetros de comprimento e 1,2 quilo. Ele tem orelhas curtas, cauda em forma de pompom, pelos de cor marrom e barriga branca.
Muitos animais selvagens caçam os tapitis, como as jaguatiricas e as suçuaranas.
A mamãe tapiti tem um ou dois filhotes a cada gestação. Eles nascem sem pelos e com os olhos fechados.

UM TEMIDO INVASOR

Os tapitis podem ficar ameaçados de extinção, principalmente por causa das lebres europeias, também conhecidas por lebrão, que foram trazidas da Europa para a Argentina e o Chile no século passado e se espalharam por vários países. A lebre europeia é um animal grande, de orelhas compridas e que pesa até sete quilos. Devora plantações de hortaliças e frutas, se reproduz muito rapidamente e pode transmitir doenças aos tapitis e a outros animais não imunes.

Tapiti é um coelho selvagem difícil de ser visto. Ele fica escondido em sua toca durante o dia, saindo somente à noite. Também recebe os nomes de coelho-do-mato ou coelho-brasileiro.

O tapiti adora comer sementes, frutas e, principalmente, raízes de algumas plantas. Ele pode também comer cenouras e verduras das hortas de sítios e fazendas.

COBRA-CORAL

A cobra-coral é fácil de ser identificada, pois tem cores muito vivas, como preto e vermelho. A cobra-coral venenosa é chamada de coral-verdadeira, e a não venenosa, de falsa-coral.

Elas gostam de viver no chão da floresta, principalmente escondidas entre folhas e galhos. São animais ovíparos, ou seja, botam ovos. As fêmeas grandes conseguem botar até 18 ovinhos.

Os acidentes com corais são muito raros. Elas têm boca e dentes pequenos e não conseguem picar. Para inocular seu veneno, a coral-verdadeira precisa morder sua presa.

Os desenhos e as cores das cobras-corais são variados e servem para identificar se trata-se de uma serpente verdadeira ou falsa. Mas é muito difícil diferenciar cada uma, somente especialistas sabem distingui-las.

FIQUE ATENTO!

Existem orientações erradas até mesmo em livros. Alguns descrevem que cobras com cabeça arredondada e pupilas redondas não são venenosas, e que as com cabeça triangular e pupilas em forma de fenda são as venenosas. Essas informações foram trazidas pelos europeus há muitos anos e servem somente para as cobras da Europa. Um bom exemplo é a coral-verdadeira, que tem cabeça arredondada e pupilas redondas e é uma serpente venenosa. Já a jiboia tem cabeça triangular e pupila em forma de fenda e não é uma serpente venenosa.

OLHOS SEMPRE ABERTOS

A cobra-coral gosta de comer lagartixas, sapos, rãs, pererecas e até outras pequenas cobras. Ela prefere ficar acordada durante a noite para conseguir se esconder de seus principais predadores: as aves. Durante o dia ela fica descansando e dormindo. As cobras dormem, mas não fecham os olhos, já que não possuem pálpebras.

MURUCUTUTU-DE-
-BARRIGA-AMARELA

Essa coruja de nome difícil mede 44 centímetros, tem a face com desenho amarelado, a barriga branca ou amarelada e a íris castanha.

A murucututu-de-barriga-amarela só vive na Mata Atlântica. Ela caça somente à noite e gosta de comer ratos, besouros, gafanhotos e pequenas aves.

Diferentemente dos gaviões, ela engole a presa inteira, sem arrancar pedaços. Depois de realizar a digestão, as corujas regurgitam pequenas bolas compactadas com as partes da presa que não foram digeridas. Essas bolinhas são chamadas de "pelotas" ou "bolotas" de coruja, e nelas estão os ossos, os pelos e as unhas das presas.

SEM RUÍDO

O voo das corujas é muito silencioso. As bordas de suas penas parecem franjas, que lhes permitem voar sem fazer qualquer barulho. A murucututu-de-barriga--amarela procura ocos de árvores para fazer seu ninho e lá geralmente põe dois ovos. Depois que os bebês nascem, a mãe quase não sai do ninho, conservando os filhotes bem quentinhos e protegidos. O pai tem a função de trazer alimento para os filhos e para a fêmea.

LENDAS

Antigamente, em muitos países da Europa, as corujas eram associadas a espíritos malvados. Assim como os gatos e os sapos, elas foram definidas como animais das bruxas e perseguidas durante muitos anos no período da Inquisição.

Já em outras culturas, como na Grécia, as corujas eram tidas como animais sábios e inteligentes, que observavam e sabiam de tudo. Na mitologia grega, Atena, a deusa da guerra e da sabedoria, estava sempre acompanhada de sua mascote, uma coruja.

Hoje, mesmo no Brasil, muita gente vincula as corujas à morte, e existem lendas descrevendo que, quando uma coruja pousa no telhado de uma casa, significa que algum morador vai falecer nos próximos dias.

MORCEGO

Existem aproximadamente 1.200 espécies de morcegos em todo o mundo. Somente três delas são "vampiras", ou seja, hematófagas, que se alimentam de sangue. Essas três espécies são encontradas apenas na América do Sul.

No Brasil são mais de 170 espécies diferentes que vivem nos diversos biomas, inclusive nas florestas da Mata Atlântica.

Os morcegos têm os dedos das mãos bem longos e ligados por uma fina membrana. São asas especiais e únicas nos mamíferos. Na verdade, são os únicos mamíferos voadores do mundo.

CADÊ A MAMÃE?

A fêmea morcego tem apenas um filhote por gestação, dificilmente dois. Não seria possível alimentar um número grande de filhotes, já que ela tem apenas duas mamas. Durante a noite, quando a mamãe sai para procurar comida, deixa seu filhote em uma espécie de "creche de morcegos", onde centenas, às vezes milhares, de morceguinhos ficam agrupados esperando suas mães. Eles são vigiados por algumas fêmeas adultas que fazem o papel de cuidadoras. Quando a mamãe retorna, ela emite um som reconhecido pelo seu filho, que rapidamente responde. Assim, entre os vários filhotes gritando pelas suas mães, ela encontra seu bebê sem errar.

MUITA HABILIDADE NO ESCURO

A ferramenta principal dos morcegos para a vida noturna é a ecolocalização, ou seja, orientação por ecos. Essas ondas sonoras atingem obstáculos e voltam na forma de ecos, que são captados pelo morcego. Com base no tempo em que os ecos demoram a voltar e na direção de onde vêm, os morcegos sentem se há obstáculos no caminho. Isso é muito útil para caçar insetos voadores e para se locomover na escuridão. Muitos dos sons que os morcegos emitem são inaudíveis para os seres humanos.

TRANSPORTE DE PÓLEN

Alguns morcegos se alimentam de néctar das flores e, sem perceber, colaboram com a reprodução das plantas. Como eles usam a língua para pegar o néctar, seu rosto e focinho ficam cheios de grãos de pólen. Ao visitar árvores da mesma espécie, fazem a troca de grãos e ajudam na polinização.

DOAÇÃO DE SANGUE

Os morcegos vampiros são muito solidários. Quando um vizinho, morador da mesma caverna, retorna de barriga vazia, seu amigo que conseguiu encontrar alimento regurgita um pouco de sangue para saciar sua fome. Caso aconteça o contrário em outro dia, a doação de alimento também ocorrerá.

Os morcegos têm papel importantíssimo no meio ambiente, muitos fazem um ótimo trabalho como jardineiros da natureza. É que algumas espécies se alimentam de frutas, e, como eles voam por muitos lugares durante a noite, suas fezes cheias de sementes são espalhadas por várias áreas, dando origem a novas árvores. Os morcegos ficam escondidos durante o dia em cavernas, grutas, casas abandonadas, forros de telhados, ocos de árvores e pedras. Não gostam de luz e são muito bem-adaptados à vida noturna. Morcegos voando durante o dia pode ser sinal de que estão doentes.

Os morcegos são animais especializados. Muitas espécies têm nariz achatado com olfato bastante apurado. Suas orelhas grandes captam o som com precisão, dando a eles a possibilidade de localizar e caçar muitos insetos com sucesso.

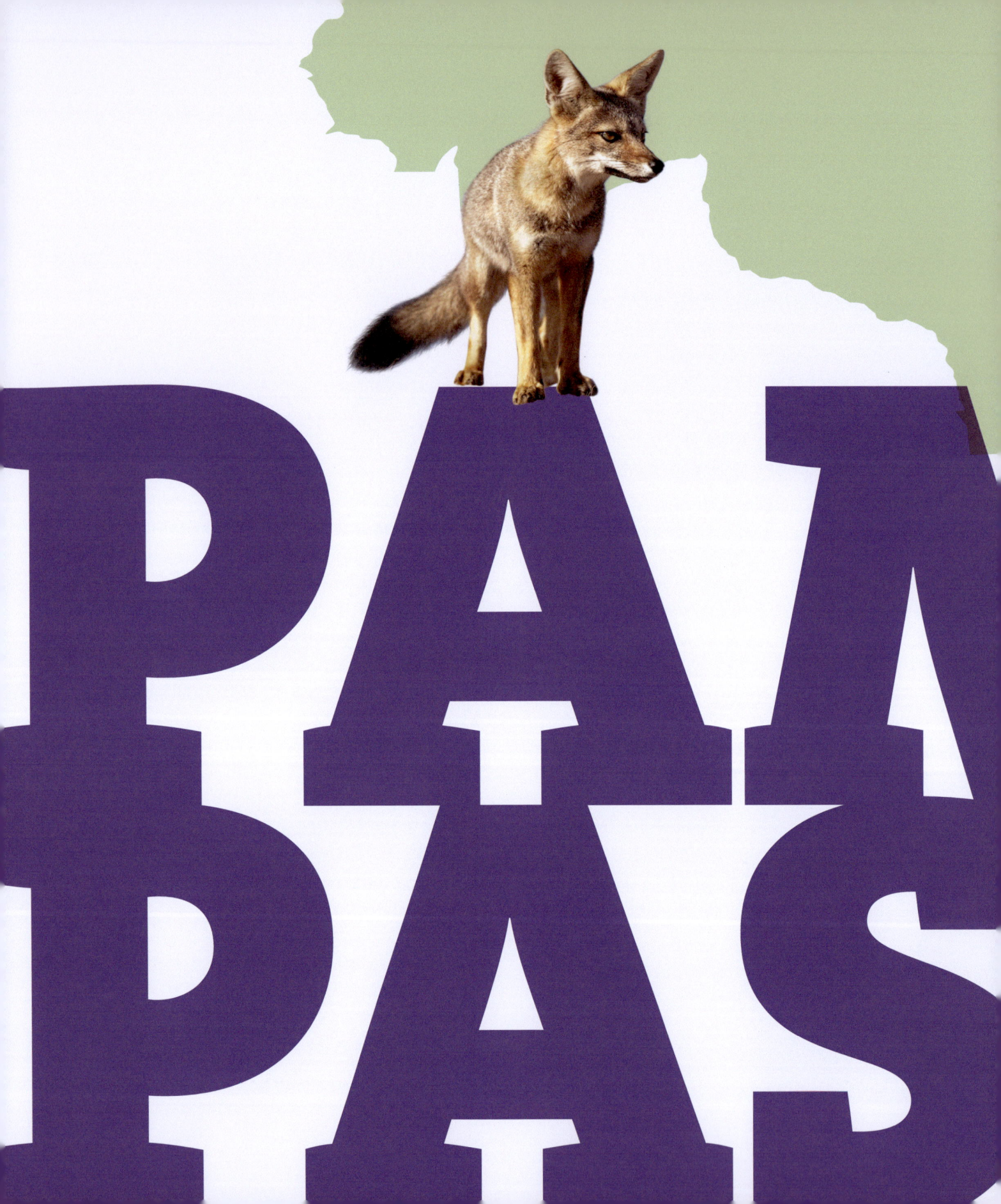

PAM
PAS

Este bioma é também conhecido como Campos do Sul ou Campos Sulinos. É o único que ocupa apenas um estado brasileiro, abrangendo 63% do território do Rio Grande do Sul.

Os Pampas apresentam morros e serras, mas sua maior característica são os campos planos, com vegetação rasteira. Estima-se que tenha mais de oitocentas espécies diferentes de gramíneas. As árvores crescem principalmente próximas dos rios.

Os Pampas sofrem muito com a agricultura e as pastagens por causa de grandes erosões nesse importante bioma.

Diversos animais se adaptaram às suas características, sendo que alguns mais raros só podem ser observados durante a noite.

GATO-PALHEIRO

O gato-palheiro é conhecido também como gato-dos--pampas. Tem o tamanho parecido com o do gato doméstico. Sua cor é amarronzada, as patas são pretas e as orelhas são pontudas.

Tem uma faixa de pelos mais compridos da cabeça até a cauda. Quando se sente ameaçado, esses pelos ficam eriçados.

Caça pequenos roedores, lagartos, sapos e aves, e prefere viver em áreas abertas com capim alto.

A gestação da mamãe gato-palheiro dura dois meses e meio e a cada cria nascem entre um e três filhotinhos.

Está ameaçado de extinção devido à destruição do ambiente e à caça, já que existem muitos boatos de que o gato-palheiro ataca galinhas em sítios e fazendas.

NINHO NAS ALTURAS

O gato-palheiro escala árvores com muita facilidade e gosta de construir um ninho no alto das araucárias, onde fica escondido e descansando, principalmente nas horas mais quentes do dia. Gosta de caçar no início da manhã, no final da tarde e no início da noite.

GRAXAIM-DO-CAMPO

O graxaim-do-campo é parente e bem parecido com o cachorro-do-mato, que pode ser encontrado em várias regiões do Brasil. O graxaim-do-campo vive somente no sul do país. No estado do Rio Grande do Sul, é conhecido como sorro.

Ele caça roedores, aves e pequenos lagartos, mas também gosta de frutas silvestres. O graxaim é importante para a dispersão de sementes.

Durante o dia se esconde em tocas de tatus abandonadas, troncos de árvores caídos ou embaixo da vegetação.

A mamãe graxaim-do-campo dá à luz depois de 55 dias de gestação. Geralmente são três filhotes que mamam até os três meses de idade.

RISCO DE EXTINÇÃO

Infelizmente o graxaim-do-campo está ameaçado de extinção em algumas regiões. Ele é caçado, pois pode atacar animais domésticos, principalmente galinhas. Isso acontece porque suas presas naturais como ratos-do-mato, coelhos e outros animais estão desaparecendo devido à destruição do bioma para a produção de eucaliptos e pastagens.

NÃO SOU UMA RAPOSA

Quando adulto, o graxaim-do-campo chega a um metro de comprimento. Tem pelos cinza, com partes amareladas e a cabeça avermelhada. O focinho é fino e as orelhas grandes. Lembra muito a raposa e, assim como ela, é um animal muito esperto. Próximo das cidades pode procurar comida nos lixos e quintais. Quando encontra algum acampamento na mata, aproxima-se das pessoas para conseguir alimento.

RATÃO-DO-BANHADO

Como o próprio nome diz, o ratão-do-banhado gosta de viver perto da água, principalmente em brejos, banhados, lagoas e rios.

É também chamado de nutria e ratão-d'água. Em algumas regiões as pessoas o chamam de castor, mas este animal é outra espécie de roedor que só é encontrado na América do Norte e na Europa.

Chega a medir até um metro e a pesar nove quilos. É excelente nadador, pois seus dedos possuem membranas parecidas com as dos patos.

Quando nascem os filhotes, geralmente quatro, ficam dentro da toca protegidos e amamentados pela mãe por muitos dias, até começarem a segui-la pelas águas dos rios.

Durante o dia se esconde nas tocas e ninhos construídos nos barrancos das margens dos rios.

SALÃO DE BELEZA

Nos cantos da boca, o ratão-do-banhado tem glândulas que produzem uma substância oleosa. Com as patinhas ele pega esse óleo e passa por todo o corpo, deixando o pelo bem lisinho e brilhante. A oleosidade nos pelos ajuda a proteger o corpo da água gelada.

ÓLEO RATÃO

46

EU NÃO SOU UM RATO COMUM

O ratão-do-banhado também é um roedor, mas não vive em esgotos como o rato comum. Alimenta-se de vegetais, principalmente capim, plantas aquáticas, folhas e frutas.

NÃO VEM QUE NÃO TEM

Seus principais predadores são a onça-pintada, a suçuarana, a jaguatirica e o jacaré-de--papo-amarelo. Para se proteger, o ratão-do-banhado foge para a água ou para a toca. Outra maneira de afugentar os predadores é emitir um som rouco e forte, que lembra o mugido de um boi.

O DIA NACIONAL DO PANTANAL É 12 DE NOVEMBRO

O Pantanal é um bioma com a maior parte do seu relevo plano, com uma das maiores extensões alagadas do mundo. Seu território está dividido entre os estados do Mato Grosso e do Mato Grosso do Sul.

A diversidade da fauna é fantástica. Os rios têm diversas espécies de peixes, as ilhas e margens apresentam berçários com milhares de ninhos de aves, e as matas abrigam muitos animais e seus predadores.

As áreas secas têm pastos naturais que facilitam a criação de gado, porém a expansão dessas pastagens para a pecuária afeta o bioma e os animais selvagens. Outras ameaças são o garimpo e o corte de árvores, principalmente das margens, provocando o assoreamento dos rios.

ANTA

A anta é o maior mamífero terrestre do Brasil – mede mais de dois metros e pesa até trezentos quilos – e pode ser encontrada em várias regiões do país.

Ela prefere comer à noite porque, com todo esse tamanho, pode ser vista por algum predador durante o dia. A escuridão a ajuda a se esconder na floresta.

A anta come vegetais, quase sempre até oito quilos por dia! Ela adora sementes de palmeiras como o jerivá, o buriti e o palmito. Esse animal tem um papel muito importante na natureza, pois muitas sementes que ele ingere não são digeridas no seu estômago e saem no seu cocô. O curioso é que a anta gosta muito de fazer cocô na água. Assim, várias sementes que são levadas pelos rios germinam nas margens, dando origem a novas árvores.

A gestação da mamãe anta é de 13 meses, e nasce apenas um filhote.

BICHO INTELIGENTE

Muitas pessoas acham que a anta é um animal com pouca inteligência, mas isso não é verdade. Ela é bastante inteligente, grava em sua memória todos os caminhos da floresta e quando fica doente sabe escolher folhas que servem como remédio para dor de barriga e vermes.

ESCONDENDO-SE DOS PREDADORES

Os adultos têm cor cinza, e os filhotes têm pelo marrom, pintas e riscas brancas. Essa cor é uma tática da natureza para o filhote se esconder no chão da floresta, pois ele se camufla muito bem entre as folhas mortas e os raios de sol que atravessam as copas das árvores. Seu lábio superior é longo, lembrando uma pequena tromba. Com ele, a anta pega folhas e frutos com muita habilidade. O lábio também ajuda na natação, pois às vezes a anta mergulha e deixa apenas o nariz para fora da água.

PINTADO

O pintado tem a cabeça achatada e bem grande. Ele pode chegar a mais de um metro de comprimento e pesar oitenta quilos.

Este peixe também é conhecido pelo nome de surubim e pode ser encontrado em vários rios brasileiros. No Pantanal ele é bastante comum.

É carnívoro e durante a noite caça minhocas e pequenos peixes. Sua cor é cinza, com a barriga branca e diversas pintas pretas espalhadas.

Na época de desova, os pintados viajam vários quilômetros rio acima, procurando um local bem protegido para ter seus filhotes.

UM BIGODE DIFERENTE

O pintado usa seus longos bigodes, conhecidos como barbilhões, para o tato, principalmente quando está no fundo dos rios e durante a noite.

PEIXE DE COURO

Muitas espécies de peixes têm o corpo revestido de escamas, que são pequenas estruturas de proteção que recobrem a pele, parecidas com placas. Em geral, as escamas são em grande quantidade e bem pertinho umas das outras. Espécies como os bagres e os cascudos, assim como o pintado, não possuem escamas e popularmente são chamadas de peixes de couro.

CAPIVARA

A capivara é considerada a maior espécie de roedor do mundo. Seus parentes próximos são a paca, a cutia, o preá e o porquinho-da-índia. Aliás, a capivara parece um porquinho-da-índia gigante! Ela pode chegar a 1,20 metro de comprimento, sessenta centímetros de altura e sessenta quilos.

Vive em grupos que podem alcançar até trinta animais e é encontrada em diversos biomas do Brasil, sendo mais rara na Caatinga.

As capivaras, tanto as adultas como os filhotes, costumam andar em fila indiana. Durante o dia, a capivara prefere ficar descansando na sombra das árvores próximas das margens dos rios e lagos. À noite sai em grupos para procurar comida e, como gosta de capim e pastagem, pode até atacar plantações. A fêmea tem em média quatro filhotes a cada gestação. Eles nascem com pelos, de olhos abertos e dentição completa. A partir do terceiro dia de vida já começam a comer capim e mamam até os três meses. Depois, tornam-se mais independentes.

BONS AMIGOS

As capivaras convivem bem com muitos animais, entre eles bois e cavalos. Algumas aves – gaviões-carrapateiros, carcarás, garças-vaqueiras, suiriris – são boas amigas também, pois enquanto as capivaras dormem, comem carrapatos e moscas que se alojam em seu dorso ou em sua barriga.

TODAS AS FÊMEAS SÓ PRA MIM

Os machos adultos têm uma glândula no alto do focinho que secreta uma substância com odor forte. Essa substância serve para demarcar território. Em geral, o macho se torna agressivo no período de reprodução, ataca outros machos e tenta formar um harém de fêmeas.

GRANDE FAMÍLIA

A gestação da mamãe é de quatro meses e nasce apenas um filhote. O bebê paca parece um porquinho--da-índia. Aliás, muitos roedores são bastante parecidos, variando no tamanho e na cor dos pelos. Além do porquinho--da-índia, a cutia, o preá e a capivara são parentes bem semelhantes da paca. Ela também é parente dos ratos, mas, diferentemente dos seus primos, sua cauda é bem curtinha.

PACA

Durante o dia, a paca vive escondida, dormindo em sua toca. No final da tarde ela acorda e passa a noite toda procurando comida. Sua toca tem várias saídas que servem como "portas de emergência" caso algum predador tente apanhá-la.

Adora comer sementes, frutos e raízes. Seus dentes são grandes e muito fortes, próprios para roer alimentos duros.

Pode pesar até dez quilos e é o segundo maior roedor do Brasil, ficando atrás apenas da capivara. Tem cor marrom-avermelhada, com manchas brancas.

A paca é caçada por onças e jaguatiricas. Quando se sente ameaçada, ela se esconde em sua toca. Quando isso não é possível, usa seus fortes dentes para morder e machucar seu predador.

CATETO

No Brasil existem duas espécies de porcos-do-mato: o queixada e o cateto. Os catetos, também conhecidos por caititus, são pequenos. Os adultos chegam a um metro de comprimento e pesam, no máximo, trinta quilos.

Seus pelos, de cor cinza e preta, são longos e ásperos. No dorso são mais compridos e formam uma crina, que eriça se ele está estressado ou quando se sente ameaçado. Ao redor do pescoço tem uma faixa branca de pelos que lembram um colar.

São encontrados em várias regiões do Brasil e no Pantanal formam grupos de cinco a dez animais.

Grupos diferentes podem usar o mesmo território, porém eles respeitam os limites de cada um. Às vezes, alguns deles trocam de grupos e nunca mais retornam ao bando de origem.

São onívoros, ou seja, comem vegetais e derivados de carne, até mesmo animais mortos.

Os catetos podem ser vistos durante o dia, mas preferem ficar descansando e dormindo para estarem mais ativos à noite, quando a temperatura é mais fresca.

PERFUME FAMILIAR

Os catetos possuem uma glândula que secreta uma substância oleosa de cheiro forte. Os animais do mesmo bando esfregam essa glândula uns nos outros, nas árvores, nas pedras e no chão para demarcar seu grupo e território.

NARIZ DE TOMADA

Os animais que têm o olfato muito apurado, em geral, possuem as narinas projetadas para a frente, como os cães, os ursos e os porcos. Os catetos gostam de fuçar a terra, por isso seu nariz se desenvolveu para ter esse formato.

BANHO DE LAMA

Assim como outros porcos, durante o dia os catetos gostam muito de rolar na lama. Vários deles cavam e fuçam a terra tomando verdadeiros banhos de lama. Eles fazem isso para se refrescar e para formar uma camada de lama seca na pele, que funciona como proteção à prova de picadas de mosquitos.

SUÇUARANA

AQUI TEM DONO!

Para demarcar sua área, a suçuarana arranha troncos de árvores e faz xixi e cocô nas fronteiras de todo seu território. Assim, quando outro animal passa próximo desses locais sabe que a área tem dono. Ela percorre longas distâncias durante a noite, sendo que o macho pode andar até oito quilômetros em um único dia. Os filhotes nascem depois de três meses de gestação. A mamãe suçuarana costuma gerar três bebês de cada vez, mas também pode ter apenas um ou até seis. Seus pelos são cheios de pintas e vão ficando com a cor dos adultos após os quatro meses de idade.

NÃO SOU UM GATINHO

A suçuarana não sabe rugir como a onça-pintada. Ela pode ronronar ou miar um pouco mais alto que um gato doméstico.

A suçuarana habita diversas regiões, desde a América do Norte até a América do Sul. Consegue se adaptar em áreas mais desérticas, regiões geladas, montanhas, florestas e até em matas próximas de grandes cidades.

Ela recebe vários nomes: puma, leão-da-montanha, cougar, leão-baio, onça-parda, onça-vermelha e suçuarana.

É o segundo maior felino das Américas. Pode pesar até setenta quilos e tem cor marrom-avermelhada.

Assim como todas as espécies de felinos, a suçuarana é carnívora. Ela caça pequenos e grandes animais, dentre eles: ratos, cutias, pacas, jacus, macucos, lagartos, capivaras, coelhos, catetos e queixadas. Durante a noite ela se esconde melhor na floresta escura, podendo surpreender suas presas.

A suçuarana não tem medo de água e atravessa grandes rios a nado. Também tem muita habilidade para escalar árvores, pois sua cauda longa lhe oferece um ótimo equilíbrio.

O bioma denominado Zona Costeira abrange toda a costa brasileira, com mais de 8 mil quilômetros de extensão, sendo uma das maiores do mundo. Com todo esse tamanho, suas características não são únicas e variam muito desde o Norte até o Sul do Brasil.

O litoral amazônico é mais lamacento, com mangues e matas. O litoral nordestino possui matas, manguezais, recifes e dunas de areia que mudam constantemente, dependendo dos ventos.

A Zona Costeira do Sudeste apresenta praias, enseadas, matas, manguezais e restingas que abrigam muitas espécies de animais.

As áreas do Sul estão cheias de banhados e alguns mangues, com uma enorme quantidade de aves e outros animais.

Essas áreas estão povoadas por grandes cidades e milhares de pessoas. Mesmo assim, muitas espécies animais sobrevivem nesse elaborado bioma brasileiro.

CARANGUEJO

São animais que fazem parte do grupo dos crustáceos, têm patas e garras articuladas e uma carapaça que protege o corpo. Conforme crescem, os caranguejos trocam de carapaça e eliminam a antiga. Quando isso acontece, uma nova já está formada, protegendo seu corpo.

Durante a troca de carapaça pode ocorrer a perda de uma das patas. Isso não causa danos ao caranguejo, já que uma nova crescerá no mesmo lugar.

Existem diversas espécies de caranguejos. Algumas vivem nas praias, nas rochas e nos manguezais, e as mais conhecidas no Brasil são o caranguejo-uçá, o aratu, o maria-farinha, o chama-maré e o guaiamum. Com suas pinças fortes eles capturam peixes e outros pequenos animais. Existem espécies de cores variadas, tais como: avermelhados, amarelos, marrons e azuis.

CASA NAS COSTAS

Existe uma espécie de caranguejo chamada ermitão. Ele tem o abdome desprovido de carapaça e, para se proteger, usa como casa uma concha vazia que encontra pelo caminho. À medida que cresce, sua casa fica apertada, então ele procura uma nova concha para morar.

FUTURO

As fêmeas depositam muitos ovinhos nas águas dos mangues. Os filhotes nascem bem pequenos e nessa fase são chamados de larvas. Muitas são predadas por peixes e outros animais, outras crescem até chegar à idade adulta. As larvas são muito importantes como base da cadeia alimentar.

DE LADINHO EU CHEGO LÁ!

Os caranguejos andam de lado porque suas patas se flexionam lateralmente. Ao caminhar, as patinhas de um lado puxam o caranguejo e as patinhas do outro lado o empurram. Eles até conseguem andar para a frente, só que bem devagar. Para se proteger, a maioria das espécies de caranguejos constrói tocas e buracos nas praias, nos manguezais e nas restingas com suas fortes patas.

UMA MAMÃE MUITO ATENCIOSA

A fêmea tem em média três filhotes por gestação, que são cuidados por até um ano. A mamãe tem seus bebês em uma toca ou no oco de uma árvore, e ela os abriga até que tenham entre sete e nove semanas de vida. Depois dessa idade, eles passam a acompanhá-la em saídas curtas para conhecer o território, sempre retornando ao ninho. Só abandonam sua casa após 12 semanas de vida, e seguem a mãe por todos os lugares. Durante o dia ficam escondidos em tocas e ocos de árvores, descansando e dormindo. Eles saem do seu esconderijo no final da tarde e início da noite.

O mão-pelada é parente do guaxinim, mas no Brasil o seu primo mais próximo é o quati. Recebe também os nomes de cachorro-do-mangue, mascarado ou urso-lavador.

Vive sempre em áreas próximas à água, como mangues e brejos. Pode medir até sessenta centímetros de comprimento, mais quarenta centímetros de cauda. Seu peso chega ao máximo de vinte quilos.

O desenho de seu rosto lembra o de uma máscara, como a do personagem Zorro. Não se sabe ao certo se isso tem alguma função, mas o mão-pelada fica com uma aparência bem divertida, não é mesmo?

COMIDA LIMPINHA

É um animal onívoro, gosta de comer camarões, ostras, caracóis, rãs, ovos, peixes, frutas, insetos, sementes e algumas raízes. O mão-pelada tem o costume de mergulhar na água todo alimento antes de comer, como se estivesse lavando sua comida. Tem muita habilidade com as mãos, podendo abrir conchas com facilidade para saborear ostras, mexilhões e mariscos.

JACARÉ-DE-PAPO-AMARELO

Vive em diversas regiões do Brasil, desde o litoral dos estados do Rio Grande Norte até o Rio Grande do Sul, e em algumas áreas mais no interior, longe da Zona Costeira. Habita brejos, lagos, pântanos, rios, restingas e mangues.

Em média, mede entre 1,5 e 2,5 metros de comprimento e pode viver até cinquenta anos de idade.

Seu nome é devido à região da garganta cuja cor é amarela-clara, principalmente no período de reprodução.

BANHO DE SOL

Durante o dia os jacarés ficam quase que imóveis tomando banhos de sol. Os répteis são muito dependentes do sol e são chamados de "animais de sangue frio". Não que seu sangue seja frio ou gelado, é que, diferentemente das aves e dos mamíferos, os répteis dependem da temperatura do ambiente para aumentar o metabolismo e acelerar seus movimentos. Por isso, não existem espécies de répteis nas regiões muito frias do planeta. Depois de acumular todo o calor necessário para seu organismo durante o dia, à noite os jacarés buscam seu alimento.

QUE DENTADA!

É um animal carnívoro, alimenta-se de aves, peixes, caranguejos, pequenos mamíferos e caramujos. Inclusive, em certas regiões do país, são ótimos no controle de caramujos que podem transmitir a esquistossomose, popularmente conhecida como barriga-d'água. Os jacarés adultos têm uma mordida muito forte, podendo quebrar até mesmo o casco de tartarugas.

ME AJUDE, MAMÃE!

No momento de sair do ovo, os filhotes emitem um som parecido com um choro. A mamãe jacaré responde com um som semelhante e, se houver um bebê com dificuldade de quebrar a casca, ela o ajuda com seus dentes afiados, quebrando a casca do ovo sem machucar seu filhote.

LONTRA

A lontra gosta de dormir durante o dia nas margens dos rios, geralmente escondida em tocas ou buracos nos barrancos, e acorda à noite para buscar alimento.

Adora comer peixes, camarões, ostras e até cobras e pequenos lagartos. Para pescar seu alimento, a lontra consegue ficar até seis minutos embaixo da água.

UM SUPERCASACO

A pelagem da lontra é adaptada à água e tem duas camadas de pelos, uma mais próxima do corpo, que conserva sua temperatura, e outra, externa, que é impermeável, impedindo que a água penetre em seu corpo.

NADADORA OLÍMPICA

Seu corpo é bastante hidrodinâmico, e quando nada a lontra parece um torpedo, atingindo até 12 quilômetros por hora. Além de ajudar na natação, sua cauda funciona como o leme de um barco, direcionando-a na água. Suas patas têm membranas entre os dedos, de pele fina, mas muito resistente, que lhe permitem remar com grande força.

Vive em pequenos grupos formados pela fêmea mais velha e seus filhotes de idades diferentes. Os machos adultos são mais solitários e procuram as fêmeas na época de reprodução.

A gestação da lontra é de dois meses, e em média nascem dois filhotes, que pesam 150 gramas. Na idade adulta chegam a pesar até 14 quilos.

PROFESSORA EXEMPLAR

A mamãe lontra é uma ótima professora. Para as aulas de pesca, ela apanha um peixe e o deixa atordoado com algumas pequenas mordidas, depois o solta na água para que os filhotes aprendam a caçar.

O crescimento das cidades invade o ambiente dos animais, muitas vezes destruindo os biomas em que os bichos habitam. Alguns bichos tentam se adaptar às metrópoles vivendo nos parques, nas praças e nos quintais das casas. Muitos aproveitam os alimentos oferecidos pelas pessoas, alguns conseguem comida invadindo janelas e portas à procura de frutas ou até roubando a ração dos cães quando estes estão distraídos. É o caso dos saguis, serelepes, gambás e jacus.

Outros vivem muito bem nas galerias de esgotos, nos telhados e até dentro de nossas casas. A maioria não é nativa, ou seja, brasileira. Provenientes de outros países, os chamados animais exóticos chegaram aqui trazidos por navios ou outros meios de transporte, escondidos como clandestinos. É o caso dos ratos que existem aos milhares em diversas cidades e escolheram a vida noturna, uma forma ótima para fugir dos predadores e para caçar os restos de alimentos das pessoas. Os gatos, por sua vez, chegaram por aqui como animais de companhia e também se sentiram à vontade nas cidades brasileiras.

Para quem vive nas grandes metrópoles fica mais fácil observar os animais noturnos exóticos do que os nativos dos biomas brasileiros. Então, vamos conhecer um pouco mais sobre os bichos urbanos que gostam da noite das cidades.

RATO

Sem que percebamos, a noite de muitas cidades brasileiras é dominada por um animal muito esperto, inteligente, ágil e extremamente adaptável à selva urbana. São três espécies diferentes de ratos que ocupam os bueiros, os rios e as galerias das grandes cidades: o rato-de-telhado, o camundongo e a ratazana.

O rato-de-telhado também é conhecido como rato-de-forro, rato-de-paiol ou rato-preto. Tem uma cauda longa, própria para se equilibrar durante suas escaladas. Como o próprio nome já diz, costuma morar em locais altos como sótãos, forros, galpões, armazéns e telhados das casas. Ele desce para o chão somente para procurar comida e raramente escava tocas.

É um equilibrista, consegue se locomover por cabos e fios elétricos e subir em galhos de árvores. Escala também, com muita facilidade, qualquer beiral ou parede de superfície áspera e com isso consegue habitar muitos locais das cidades.

RATAZANA

A ratazana é uma espécie urbana também chamada de rato-marrom. Ela pode atingir até 25 centímetros, não sobe em telhados ou árvores, mas sabe nadar muito bem. Constrói os ninhos em corredores subterrâneos, como galerias e bueiros.

CAMUNDONGO

Outra espécie de rato é o camundongo, o menor em tamanho entre as três espécies urbanas. Costuma viver bem próximo das pessoas, na maioria das vezes mora dentro das casas e constrói seus ninhos em armários, fogões e despensas. Por ser pequeno, é comum ser transportado em caixas de alimentos e de materiais diversos, espalhando-se por vários locais das cidades. É um animal muito curioso e pode ser presa fácil das ratoeiras. Não anda muito pelas ruas e constrói seu ninho perto de um local onde tenha comida fácil.

SUPERPOPULAÇÃO

Os ratos vivem em média um ano e meio. Após três meses já são capazes de procriar e em geral têm oito filhos a cada cria, podendo ter vários filhotes todos os anos. Podem transmitir diversas doenças, como a leptospirose. Um rato contaminado pela bactéria lepstopira transmite a doença através da sua urina, e se a pessoa não for tratada pode até morrer.

Outra doença fatal é a peste bubônica, causada por uma bactéria transmitida para as pessoas pelas pulgas que vivem em ratos contaminados. Ela ficou conhecida no século XIV, na Europa, como peste negra e dizimou aproximadamente 70 milhões de pessoas, um terço da população europeia na época.

EVITE OS 3 "AS"

Os ratos vivem bem onde existe água, alimento e abrigo disponível. Para evitá-los, as pessoas têm de eliminar o acesso a esses recursos.

BARATA

As baratas existem há aproximadamente 300 milhões de anos. Elas vivem em florestas e desertos. Várias espécies se adaptaram muito bem nas cidades e podem ser encontradas em esgotos, bueiros e até nas casas e nos restaurantes.

Hoje, pesquisadores calculam que existam entre 4 e 5 mil espécies diferentes de baratas. As mais comuns nas cidades são: barata-americana, barata-alemã, barata-listrada e barata-oriental.

Durante o dia elas ficam escondidas, descansando em lugares escuros e protegidos. À noite saem para procurar alimento e para acasalar. Gostam de lugares úmidos e quentes, por isso são mais comuns no verão.

Podem transmitir diversas doenças por bactérias, fungos e vírus. Pelo fato de se alimentarem de diversos produtos, podem contaminá-los e espalhar doenças com suas patas e pelas suas fezes.

É VERDADE!

Se a cabeça de uma barata for cortada, ela poderá sobreviver decapitada por vários dias. As principais estruturas do seu organismo não estão em sua cabeça, e sim no seu abdome. Seu corpo é muito resistente, sua forma achatada permite que receba chineladas leves sem se machucar. A parte branca que sai quando a barata é esmagada é gordura e tem a função de proteger seus órgãos.

APETITE VORAZ

As baratas gostam de comer doces, papel, cola, couro, restos de alimento, gordura e até fezes. Resistem a uma semana sem beber água e a um mês sem comer. Em lugares com infestações, durante a noite as baratas podem roer a pele das pessoas enquanto elas dormem. Nas cidades, as baratas são caçadas por aranhas e lagartixas.

LENDA URBANA

Diz uma lenda que as baratas resistem a uma bomba atômica. Segundo relatos, elas teriam sobrevivido às bombas das cidades japonesas de Hiroshima e Nagasaki, mas isso não é verdade. Elas são muito resistentes, mas não aguentariam a radiação de bombas atômicas. Outros seres como algas, musgos e bactérias são muito mais resistentes que as baratas.

UMA NOVA CAUDA

Em alguns dos ossos que formam a cauda existe um ponto onde ocorre o desprendimento natural, ou seja, se a lagartixa fizer uma força neste local, o rabo se parte instantaneamente e se solta. Esse fenômeno chama-se autotomia. Serve para enganar os predadores: caso um animal tente atacar a lagartixa, ela desprende a cauda e permanece bem quieta, então, enquanto o predador devora a cauda desprendida, a lagartixa dá no pé! Porém, se a cauda for cortada propositalmente em outro local, não haverá a regeneração e a lagartixa terá de viver sem parte do rabo.

GRANDES ACROBATAS

Pensava-se que as lagartixas andavam nas paredes porque seus dedos tinham ventosas ou substâncias grudentas. Mas o segredo é outro. Atrás de cada dedo a lagartixa tem placas de pele, em camadas, formando pequenas almofadas adesivas. E cada uma delas é coberta por mais de 1 milhão de cerdas, que são parecidas com pelinhos duros. A lagartixa adere às paredes por meio da força de atração entre essas cerdas e a superfície. Assim, elas conseguem andar em superfícies bem lisas, até mesmo no vidro.

LAGARTIXA

As lagartixas mais comuns encontradas nas cidades brasileiras têm cor bege-clara e aproximadamente dez centímetros de comprimento quando adultas. Não são originais do Brasil, são africanas e chegaram aqui nos navios negreiros do século XVIII.

A mamãe lagartixa procura locais bem protegidos, como frestas nas paredes e móveis, para depositar seus dois ovinhos. Os pais não cuidam dos filhotes, e depois de nascer os bebês lagartixas têm de se virar sozinhos.

Gostam de comer mariposas, besouros, baratas, moscas e mosquitos. Para caçar sua comida, procuram locais perto de lâmpadas, pois a luz atrai esses bichinhos. As lagartixas ficam paradas e, quando o inseto passa bem próximo, elas dão um bote certeiro.

GATO

Os gatos foram domesticados há milhares de anos. Os homens tiveram muito interesse pelo bichano, já que eles caçavam os ratos que transmitiam doenças e comiam os estoques de comida.

Os gatos domésticos se espalharam por vários continentes e provavelmente chegaram à América a bordo dos navios dos colonizadores, por volta do século XVII.

No Egito antigo, esses animais eram vistos como divindades. No templo da deusa Bastet, que tem a forma de gato, foram encontrados diversos exemplares mumificados, e essa prática era reservada a pessoas muito importantes, como o próprio faraó. Os egípcios condenavam à morte qualquer um que ousasse maltratar um gato.

VIRA-LATA

Hoje existem mais de duzentas raças oficiais de gatos domésticos, de cores, pelos e tamanhos variados. Os gatos e os cães de rua, muito comuns nas cidades brasileiras, são chamados de vira-latas. O termo surgiu há alguns anos. O lixo doméstico era depositado em latas para coleta, que por sua vez eram colocadas nas calçadas até que o caminhão passasse e as esvaziasse. Os espertos gatos rapidamente aprenderam que nas latas de lixo existiam restos de alimentos, e era só virá-las e se banquetear. Hoje, em geral, o lixo é depositado em sacos plásticos.

NAMORO BARULHENTO

Durante o acasalamento, os gatos emitem muitos sons. São gemidos altos, baixos e gritos parecidos com choro. A gestação da fêmea é de aproximadamente dois meses, e nascem entre dois e cinco gatinhos. Os gatos chegam a viver até 15 anos.

Durante a Idade Média na Europa, no período chamado Inquisição, muitas pessoas, sobretudo as mulheres, foram perseguidas, torturadas e mortas. A população estava assustada com a peste negra, que muitos acreditavam ser um castigo divino. Qualquer comportamento diferente era levado a julgamento, e ter um gato, principalmente preto, era um grande motivo. Assim, muitos gatos foram mortos e queimados com suas donas.

Nessa época, as pessoas acreditavam que as bruxas se transformavam em gatos para fugir ou para escutar as conversas nas casas, nas tabernas e nos castelos.

Ironicamente, a morte de muitos gatos provocou ainda mais a disseminação da peste negra, que se alastrou com o consequente aumento do número de ratos.

Até hoje é bastante comum a crença de que os gatos pretos trazem azar. Em muitas associações e feiras de doações de animais, os gatos de cor preta são os mais difíceis de serem adotados.

TRICOLOR

É verdade que os gatos de três cores são sempre fêmeas? Sim, essa é uma característica genética apresentada somente pelas fêmeas.

EQUILIBRISTA

Os gatos têm um notável equilíbrio, que lhes permite fazer movimentos rápidos com o corpo. Com toda essa agilidade eles conseguem sempre cair com as quatro patas no solo. É claro que, dependendo da altura, podem se machucar ou até morrer. Mesmo domesticados há muito tempo, os gatos conservam seu instinto caçador. O grande número de animais abandonados pelas pessoas tornou-se um problema. Além de procurar alimento no lixo, muitos buscam sua sobrevivência nas matas, tornando os animais nativos suas presas. Ao se ambientarem nas áreas selvagens, eles acabam transmitindo doenças como raiva e outros vírus, que matam os animais nativos.

GUILHERME DOMENICHELLI

Sou biólogo e amo os animais. Com o meu trabalho já resgatei e salvei muitos bichos. Eu adoro escrever: sou autor dos livros *Girafa tem torcicolo?*, *Mistério na floresta Amazônica* e *O resgate da tartaruga* (todos pela Panda Books). Também escrevo para a revista *Recreio*, participo do programa *Você é curioso?* (Rádio Bandeirantes) e apresento no YouTube o canal ANIMAL TV. Gosto muito dos animais noturnos, inclusive, tenho um lindo casal de esquilos-da-mongólia. Eles não são brasileiros, mas são muito interessantes. Dormem bastante durante o dia e à noite ficam bem agitados. Às vezes, quando estou deitado na minha cama, consigo ouvi-los correndo e brincando em sua gaiola.

FÁBIO SGROI

Eu gosto da noite. É o momento em que tudo fica mais silencioso (pelo menos aqui onde moro, no interior de São Paulo). Já dos bichos que chegam com ela, nem tanto. Tem uma família de morcegos que mora no meu telhado. Já fiz de tudo para afugentá-los, mas nada adiantou. Foram ficando, ficando, e o jeito foi aceitá-los como parte da família. Esses parentes do Batman...

De vez em quando eu trabalho à noite e um gato vem me fazer companhia. Enquanto eu ilustrava este livro (que fiz todinho no computador), isso aconteceu umas duas vezes! Para conhecer outros trabalhos meus, acesse:

http://fsgroi65.wixsite.com/ilustrador